KB136214

바람이 사는 집

최정희 제2시집

바람이 사는 집

도서출판 시인

시인의 말

시각 디자인을 하던 딸의 과제물 자료를 구하고자
카메라를 메고 들로 산으로 헤매다가
꽃에 빠져버린 중년의 여인이 있었다.

그 꽃 혼자 보기 아까워
인터넷에 꽃 카페를 차렸는데
지나가던 시인, 소설가, 사진가, 화가와
꽃을 보며 세상 돌아가는 이야기를 나누다 보니
그 이야기들이 원고지에 詩라는 꽃으로 피었다.

그 詩로
여기 소박한 지면에 소통의 장을 마련하니
나의 詩가 누군가의 가슴에 다가가
의미 있는 꽃이 되길 바라면서….

2016년 봄 안양 학의천변에서 **최정희**

■차례

2부 사랑

3부 가족

4부 사람살이

5부 부모

6부 사회

1부 꿈

한 발 한 발 가다보면
언젠가는 숲에도 닿겠지요.
....

<자벌레의 꿈> 중에서

자벌레의 꿈

손톱만큼씩 나아갈 수 있는
아슬아슬한 곡예의 길이지만
이 길은 참나무길,
한 발 한 발 가다보면
언젠가는 숲에도 닿겠지요.

부디
잡지 말고
막지 말고
떨어뜨리지 말고
그냥 나를 지켜봐 주실래요?

꽈리의 꿈 2

내 속을 다 비워내고서야
노래 부를 수 있는 나는
아주 작은 입을 가졌어요.

혼자는 노래 부를 수 없는 나
당신의 입맞춤으로 내 안의 씁쌀함이 녹아
달콤한 노래 한 소절 부르는 게 꿈이에요.

그 노래 당신이 함께 불러 주실래요?

누구나 가슴 밑바닥을 들여다보면

누구나 가슴 밑바닥을 들여다보면
슬픔 하나쯤은 가지고 삽니다
슬프다고 주저앉지 말아요
슬픔은 나누면 반으로 주니까요.

누구나 가슴 밑바닥을 들여다보면
정 하나씩은 가지고 삽니다
정 붙이기 어렵다고 마음의 문 닫지 말아요
정은 나누면 따뜻함이 배가 되니까요.

그러니 우리 가슴을 활짝 열어요
누구나 가슴 밑바닥엔
퍼내려 맘만 먹으면 퐁퐁 솟는
사랑의 샘 하나씩 들어 있으니까요.

다리를 놓으며

내가 소통의 어려움을 겪을 때마다
다리는 내게 제 등을 대주며
상대에게 다가갈 때는 허리 굽혀
다리가 될 줄도 알아야 한다고
인연 맺는 법을 가르쳐 주었다.

겨우내 선뜻 가 닿지 못한 이와 소통을 꿈꾸며
내 등을 굽혀 다리 하나를 다시 놓는다.

마비

소통하던 피가 멎자
세상을 향해 쏘았던 화살들이
침으로 되돌아와 온몸을 찌른다.

그간 많은 사람도
내가 쏜 화살에 이리도 아프게 찔렸겠구나!
마비가 올 정도로 괴로운 날들을
그들은 어디에 풀고 살았을까.

이제라도 마비 풀린 혀로는
명주실만 자아
좋은 말집만 지어야지!

솔방울

둥근 이여!

수없는 발길질에 이리저리 굴러도

씨앗 있으니 분명

나무로 우뚝 서는 날 있으리라.

그러게요, 봄은 왜 이리 눈부시나요

“봄은 이렇게 눈부시네요.”

벚꽃은 하늘에 분홍 튀밥 터트리고
조팝나무도 하얗게 밥술 퍼내면
봄길 따라 꽃구경 가기 좋은 날이니
즐거운 하루 보내시라고
아침 인사 보내온 철근 노동 시인.

형틀목공들은 일당 적어 오지 않고
중국에서 온 체류자를 동원해도 기술이 달려
형틀을 엮지 못하는 바람에
일 못하는 날이 더 많아서
일하기 좋은 화사한 오늘도
하루 일당 공치는 날이라며
점심 인사 보내온 철근 노동 시인.

노동 시인의 아린 허리가
온돌방에 무겁게 누웠고
핑곗거리로 시인의 연필이
하얀 꽃길을 달리기 시작하자
조팝나무에선 시의 꽃 톡톡 튀더니
하루 일당이 원고지에 소복소복 쌓였다고
저녁인사 보내온 철근 노동 시인.

"그러게요, 봄은 왜 이리 눈부시나요."

초교 동창생

따르릉~ 전화벨 소리가 고요를 깨뜨린다.

생소하여 광고 전화려니 무심코 넘겼다

따르릉~ 두 번째 울리는 전화,

궁금하여 받아보니 건너편의 생소한 남자가

해라체를 불쑥 뱉는다.

순간,

삼십년 세월이 훌쩍 훌쩍 널뛰기를 해대는데

누구였더라? 어떤 얼굴이었더라?

아무리 더듬어도 기억은 가물가물.

잠자던 영혼에 초록 물 곱이곱이 풀어내어

가느다란 선을 잇는

저기

저기

다정한 내 유년의 남자여!

부평초

꽃집에서 덤으로 묻어온 부평초.
부레옥잠 곁에서 이 녀석을 빼내면
아기자기한맛 없어 밋밋하고
자배기에 이 녀석만 넣으면
튀는 구석 없어 또 밋밋하다.

개구리 우글거리는 곳에 살아서
개구리 불쑥불쑥 제 밥인 양
볼에 잔뜩 붙이고 나서는 통에
개구리밥이라 오해받기 일쑤인 녀석.

변두리에 서서도 마냥 초록웃음 풀다가
제 역할 끝났는지 물길 따라
또 어디론가 흘러간다.

석양

후덕한 이는
사위어가는 마당에도
마음 저리 넓구나!

우주 가득 홍주를 펴다 놓고
너도 한 잔
나도 한 잔
술 권하니

하늘이 취하고
바다도 취하고
나도 취하고.

뽀리뱅이 벽화

작은 뽀리뱅이*가 내 눈길을 끈 것은
향이 강해서도 화려해서도 아닙니다.
한 여름 땡볕 쏟아지는 날
땅벌 한 마리쯤 머물까 싶은 회색 벽을
함박 웃게 했기 때문입니다.

언젠가 마음에 들지 않는다고 사람을 버리고도
아무런 죄책감도 갖지 않았던 나를 보고도
환하게 웃으며 악수를 청합니다.
자주 찾아가 웃으며 그를 닮아갑니다.

*뽀리뱅이— 국화과에 속한 두해살이풀.
뿌리에서 돋은 잎은 사방으로 펴지며,
5~6월에 노란색의 두상화가 핀다.

백리향 나무

작은 체구로 겨울을 맞아
한 줄기 의지로 참아낸 나무여.
보랏빛 입술마다 담아낸 향기가
산등성이를 넘어간다.

작아도 야무지게
낮은 자리에 앉아 고매한 향기로
백리를 다스리는
큰 나무여!

시를 쓴다는 것은

첫 시집을 주었더니
어떤 이는 너무 아름답게만 쓴 시라 하고
어떤 이는 소박하게 쓴 시라 하고
어떤 이는 마음에 와 닿는 시가 몇 편 있다 하고
어떤 이는 어쩜 내 맘과 똑같은 시라 하고
어떤 이는 다음 시집은 언제 나오느냐 벌써 재촉하고
누구는 직원들 생일에 내 시집을 선물한다고 했다.
잠시 언어를 빌어 세상 밖으로 나간 나의 생각이
이렇게도 다양하게 꽃을 피우다니!

시를 쓴다는 것은
지금보다는 나은 세상을 추구하는 데 앞장서는 일.
독자는 나를 키우는 영양제이고
내 생각을 받아들이는 것은 그들의 몫이지만
기왕에 시를 쓸 바엔
세상을 따뜻하게 하는 시를 쓰리라 맘 다잡는다.

침묵의 강

큰 강은
흘러든 물줄기를 탓하지 않고
맑은 물이든
흐린 물이든
모두 안고 흐른다.

수많은 실개천을 끌어안은 큰 강이
가끔씩 돌을 삼켜 쿨럭이다가도
다시 침묵하며 흐르는 것은
맑은 물과 흐린 물의 화합과 정화를
보고 싶어서이리라.

어떤 응시

한 노인이 담배 연기를 따라간다.

연기가 노인을 견인하는 곳은

꿈의 자리일까?

무릉도원일까?

바람꽃 출사

수리산 병목안 골짜기에
봄기운 목마른 이들이 줄을 섰다.
어떤 이는 돗자리를 깔았고
어떤 이는 손전등으로 널 깨운다.

꽃샘바람에도 꿋꿋이
봄의 서곡을 울리는
작지만 고결한 너의 얼굴을 보려고
나도 무릎을 꿇는다.

주름의 미학

홍수 태풍엔
너무 빳빳하면 꺾이기 쉽다고
구부릴 줄 아는 물은
더 크게 웃어 주름을 잡는다.

내 작은 주름도
실개천의 주름도
아직은 살랑대는 주름.
깊어지고 넓어져
바다처럼 너울너울 하려면 아직 멀었다
바람도 비도 더 맞아야지!
천 년 만 년 설법하는 파도로 일렁이려면.

2부 사랑

나는
얼마나
누구에게
그렇게 공평하게
흔들려 줬나 생각해본다.
....

<흔들바위> 중에서

그리움

강물에 푼 그리움의 실타래
한 올 한 올 실구름으로 이으면
그대에게 가 닿을까요.

징검다리 두드려
그대 그리는 노래 지어
갈바람에 실어 보내면
그대 귀에 들릴까요.

밤하늘의 별마다
사랑의 말 새겨놓으면
내 마음 별빛 되어
그대 가슴 밝힐까요.

아! 그리운 이여!

절애 1

끊어진 길에 서서
나아가지도 못하고
돌아서지도 못하는
한 사람 여기 있습니다.

허공의 그대에게
보고 싶다 말 못하고
가슴으로만 그리고
가슴으로만 삭이는
한 사람 여기 있습니다.

건너편 강둑에서
그리움의 끄트머리만 만지작거리다가
그대 위해 끝내 침묵해야하는
한 사람 여기 있습니다.

절애 2

인연 하나 맺기 쉬운 일이 아닌데
너무 곧으면 부러진다고
그러지 말자고 다짐하다가도
내 맘에 들지 않으면 선을 긋는 심보가
그만 온전하지 못한 나를 만들고 맙니다.

인연 하나 이별하고 돌아서는데
외로울 만하면 소식이 뜸하면
거리를 두고 가끔씩 만나는 사람이
잘 지내느냐고 안부 문자를 보내옵니다.
급하게 달려들지 않고 가끔 안부를 묻는 그 사람이
오늘 따라 많이 보고 싶어 나도 안부를 되묻는 것은
가슴으로 보고 싶은 사람이 그립기 때문입니다.

단풍엽서

지난가을 그대가 준 시집을 펼치자
단풍엽서가 반갑다고 손을 내밉니다
땅도 목마르면 더 다져지듯
이젠 어떤 달콤한 말도
스미지 않게 받을 수 있다고
바짝 마른 그대가 가슴을 내밉니다.

혼자 어둠 속에서 애태웠을
더 흘릴 눈물 없는 그대여!
내 마음은 어느새 강물 되어
그대 가슴 또 적시려합니다
지금 이대로의 모습으로 다시 시집을 덮습니다.

사랑아!

관악산등성이에서 널 잃어버리고
학의천 억새밭에서 널 찾아 헤매다가
쌍개울에 펑펑 그리움을 쏟아 붓는다.

사랑아! 내 사랑아 !

상사화

엇갈린 눈물일랑 발밑에 묻고 묻어
그대를 그리는 마음으로 분홍빛 꽃물 올려
파란 가을하늘에 꽃구름으로 띄웁니다.

우리 만나지 못해도
구름 사이로 분홍 얼굴 보이거든
그대 그리는 나로 여기시고
향기 맡아 주시어요.

사랑 4

파도는 섬을 가지려고
부딪치고
입맞춤하고
죽어라 스며드네.

하얀 꽃송이
끊임없이 바치네.

소포

길은 많아도 당신에게 가는 길은 없어서
당신 손때 묻은 책을 당신에게 주문했습니다.
그대 마음 받아내기가 그리 힘들다는 것을
겹겹이 동여 보낸 소포를 끄르는 동안 알았습니다.

내 손길이 당신 마음 하나 둘 벗겨갈 무렵에야
책 속에 담긴 빼곡한 당신의 언어들이
소포 속에 편지 한 장 동봉 못한
당신의 마음을 읽어줍니다.

테이프 한 겹씩 두를 때마다
당신 마음 한 번씩 아렸겠습니다.
당신의 그 마음 다 읽으려면
또 얼마나 많은 밤을 지새워야 할까요.

암소

“여보, 암소고기 한 근 사갈까?”
암소라는 어감에 부드러울 것 같아서 그러라고 했다.

지금도 냉장고에서 잠자고 있는 고깃덩어리.
남편은 암소고기만 판다는 정읍 한우시장에서
암소는 연하다는 장사치의 말에 깜빡 속은 거다.
배즙에 재어도 정종에 재어도 뻣뻣한 암소,
질긴 소고기 연하게 하는 방법을 찾다가
‘암소 한 마리’라는 시를 읽는다.
암컷은 새끼를 낳아 뻣뻣하다는
어느 시인의 시에서 나를 꺼낸다.
아이를 셋이나 낳은 나,
거울 앞에서 아무리 미소 지어보아도
입가에 잡힌 오기주름은 영 펴지질 않는다.
암소라 연하다는 선입견을 가지고
그동안 그이가 먹었을 부드러운 암소가
‘암소는 질긴 걸’하며 쓴웃음을 짓는다.

세상과 맞서던 빳빳한 암소가

세상의 칼칼한 양념과 소금을 다시 받아들여

푹푹 숨을 죽인다.

질주, 그 끝 정지선에 서서

꽃구경 가느라고 자동차들 질주한다
앞선 차 꽁무니 잡고 나도 따라가다가
밤꽃 향 질펀한 곳에서 급브레이크를 밟는다.

갈 길이 아닌 것 같아 길에 내려 살펴보니
산등성이에 걸터앉은 제트구름이
정지선을 주–욱 긋는다.
정지선 바라보면서 숨 고르는 내 발길.

질주해도 서행해도 목표점은 똑같지만
제대로 가는 길이 극락을 볼 수 있다고
구름을 수행하던 바람도 귀띔하며 지나간다.

후회

보고 싶다는 말
바람결에 들려와
그대 만나러
바람 따라 길 나섰네.

그대를 본 순간
몸과 마음이
서로 다투네.

그리움 가슴에 묻어두고
바람 따라 되돌아오네.

파도와 나

되돌아갈 줄 알면서도
온다.
물보라 일며 다가와
두 발 흠뻑 적셔놓고
되돌아갈 줄 알면서도
이렇게 오는 일.

물거품인 줄 알면서도
처얼썩 처얼썩
잘도 안겨와 부딪는다.
그래도 좋다
그래도 좋아
파도로 가슴 패이고
숯검정이 되어도 좋다
파도가 좋으니
내가 좋으니
서로 이 정도면 그냥 족하리.

참나리 2

다리에 매달린 또랑또랑한 자식들은
우리 엄마가 제일 좋아 꼭 붙어 허리를 재고,
벌을 불러야 하는 알록달록 화려한 엄마는
치맛자락 뒤로 바짝 걷어붙이고
붉은 입술 삐쭉 내밀고 섰다.

훤칠한 키로 세상을 기웃거리다가
바람이라도 살랑 불어오면
이리저리 흔들거리기도 하다가
지나가던 남자 바지에
그만 연지를 묻히고 만다.

어이 할꼬 난처해하는 남자를 보며
내 뜻도 아니고 네 뜻도 아니다
순전히 바람 탓이다
시치미를 뚝 떼며 씩씩하게 웃고 있다.

꽃의 그늘

꽃은 밝게 웃는다고만 생각했다
꽃의 등을 보면 꽃의 그늘이 있다는 것을
우린 가끔 잊고 산다.

동행

굴하지 말고 참되게 살자고
마삭줄[*]부부가 나란히 굴참나무에 오르고 있다.

저 다정한 부부라고
울퉁불퉁한 길에서 흔들린 적 왜 없었으리.
딱따구리가 길을 막을 때도 있었으리라
비바람에 길 잃을 때도 있었으리라.

그간 잘 참고 여기까지 온 것처럼
앞으로도 그렇게 함께 가자고
서로 지지대 되어 나란히 손잡고 걸어간다.

*마삭줄: 낙석(絡石)·폐려(薜荔)·마삭덩굴·마삭나무라고도 한다. 잎이 마주나고 줄기에서 뿌리가 내려 다른 물체에 잘 달라붙어 올라간다.

흔들바위

설악산 흔들바위는 오래도록
사람이 찾아와선 흔들고 또 흔들어도
지금도 누구에게나 똑같이 흔들려 준다.

나는
얼마나
누구에게
그렇게 공평하게
흔들려 줬나 생각해본다.

호박넝쿨

큰 집의 호박넝쿨

앞마당에 터–억

조강지처 앉혀놓고

살금살금 기웃기웃

담장 밖을 넘본다.

3부　가족

아무리 찾아와서 노랠 불러도
딸의 재잘거림만 못하고
……
쓸쓸한 자리만 더 커져, 그만
손 저어 휘-이
날려버렸습니다.

<쓸쓸한 자리>중에서

과일장수 부부

눈 오는 날도 과일장수 부부

거리에 앉아 과일을 팔면

저 나이 되도록 꼭 저렇게까지

억척스러워야 하나 생각하다가도

밤늦게까지 과일을 팔고도

평온한 얼굴로 하트를 그리며 걸어가는

등 굽은 소나무 두 그루를 보면

그런 생각 싸–악 사라진다.

곶감 2

할머니가 곶감을 팔고 있다.

한 무더기는 시설柿雪* 앉은 할머니 닮은 것

한 무더기는 말랑말랑한 나 닮은 것.

어떤 것을 살까 고민하자

그이는 대뜸 후자를 택한다.

그 때 할머니 하시는 말씀

"오래 두고 먹을 거면 이 하얀 게 좋지, 암만."

할머니 닮은 하얀 곶감을 내민다.

그이 입안에선 어느새 쫄깃쫄깃

내가 맛있게 씹히고 있었다.

*시설(柿雪) : 곶감 거죽에 돋은 흰 가루

과녁 2

뻥뻥 화살 쏘아대는 자식의 헛손질에도
자식 앞에선 늘 괜찮다 괜찮다
동그라미만 그리시던 아버지를
비산동 궁터에서 다시 만났습니다.
아버지의 정기 이어받은 아들들이
세상 향해 동그란 가슴 펼치고 섰습니다.

사소한 일로 내가 쏘아댄 화살을 맞고도
살갑게 다가오는 그이에겐
아버지처럼 가슴에 구멍 나지 않게
푹신한 짚이 되겠습니다.

바람이 사는 집

강가 억새밭엔 바람 잘 날 없다.

바람은 수시로 억새밭 드나들며 그녀를 흔들고

그럴 때마다 바람이 흔드는 대로 이리저리 흔들리지만

쓰러졌다가도 그대로 눕는 법이 없다

그녀가 노래 부르면 금세 순해지는 바람

약한 것은 그녀가 아니라 바람이다.

강한 바람엔 잠시 누워야만 다시 일어설 수 있다는 걸

바람으로부터 터득하였기에, 바람이 사는 집엔

바람 따라 함께 흔들리는 억센 여인이 있다.

그렇게 흔들리며 자신을 키워 왔기에

늪에 빠져도 그녀의 뿌리는 좀처럼 썩지 않는다

바람이 후려쳐도 그녀의 몸은 좀처럼 꺾이지 않는다

술잔에 보름달이라도 뜨는 밤이면

바람은 그녀에게 쥐불을 놓기 일쑤라서

뿌리엔 항상 물을 머금고 있다.

제 몸 다 타버린 빈 먹지 위에서도 꿈틀꿈틀

올봄엔 어떤 사랑을 다시 할까.

봄맞이 가고 싶다

한 겨울인데 나

봄맞이 가고 싶다

딸아이 여린 손잡고 봄맞이 가고 싶다

연봉의 꽃을 크게 피우고 싶다고

밤늦게까지 일하던 딸이

한편으로는 대견하고

한편으로는 건강을 해칠까 염려되고

딱 절반씩 가는 엄마 마음

봄맞이꽃 같은 딸 손잡고

봄맞이 가고 싶다

추운 겨울에 나

봄맞이 가고 싶다

시클라멘 이야기

여름내 분홍빛 볼로 생글거리던 녀석이
영하 10도의 맹추위에 그만 팔을 축 늘어뜨렸다
추운 맛도 봐야 꽃도 피운다기에 그냥 두려다가
뿌리에 사랑의 샘이 있는 녀석이라서
흙 돋워주면 금방 새 잎 돋는다는 것을
근처 초등학교 울타리에 버려진 녀석을
데려다 키워 본 경험으로 알고 있기에,
여린 녀석은 살살 얼러야 말을 잘 듣는다는 것을
세 아이를 키우면서 터득한 엄마이기에,
엄마 마음 몰라주는 서운한 마음 꾹꾹 누르며
뿌리에 흙을 돋워 거실 햇빛 드는 곳에 들였다.

며칠 후 다시 새록새록 새 잎 올리는 녀석
녀석은 아직 근본까지 죽은 게 아니었다.
사춘기를 지나고 있었던 것이다
다시 꽃 피울 수 있으니 추운 곳에 두지 말고
다시 한 번 기회를 달라는 아우성이었던 것이다.

쓸쓸한 자리

재잘거리던 딸이 시집을 갔습니다.
딸이 떠난 텅 빈 자리를
간간이 매미가 날아와 채웁니다.

안방에서 맹
부엌에서 맹맹
거실에서 맹맹맹
딸의 방에서 맹맹맹맹

아무리 찾아와서 노랠 불러도
딸의 재잘거림만 못하고
맹맹합니다.

쓸쓸한 자리만 더 커져, 그만
손 저어 휘–이
날려버렸습니다.

전어

여름내 편찮으셨던 어머니는
제일 좋아하시는 홍시를 사들고 가도
한 달 넘게 전어를 잡수시고도
세상에 전어 밖에는 맛난 음식이 없다는 듯
전어
전어
전어
전어 노래만 부르신다.

아마도 어머니는
세상에서 제일 맛난 전어를 잡수신 게다.
금쪽같은 아들 맛을 보신 게다.
오늘도 아들은 전어를 한 아름 안고 들어온다.

큰오빠

밤새 간호로 잠 설치고도
어머니 앞에서는
언제나 씩씩한 큰오빠

누이들 핀잔 마누라 푸념 동생들 철딱서니
몸속에 통째로 집어넣고
제 눈물은 함께 개어
반질반질 윤이 나는 큰 기둥

어쩌다 한번 보듬으려하면
한 술 더 떠 우리 보고
그 몸에 기대어 쉬어가라 하네.

보약

내가 담은 된장이 잘 익었습니다.

조그만 정성이 금빛으로 익었습니다.

복고

밥 한 그릇에 시래기를 몇 배 넣고 끓인
어릴 적 내 질리게 먹은 시래기죽을

요즘 TV 속 요리 방송에선
친환경 음식이라며
참 맛있게도 먹는다.

교감 2

TV드라마 '식객'을 보다가
동생처럼 키우던 소를 도살장에 보내면서
꽃목걸이 걸어주는 소년을 본다.
입술이 퍼런 소년의 수술비를 위해
기꺼이 도살장에 걸어 들어가는 소를 본다.

소년의 미안한 마음이 꽃목걸이에 엮여
소의 잔등에 가득 얹혀가는 걸 본다.
소년의 고사리 손으로 잔등에 부어주던 물이
소 눈에 가득 출렁거리는 걸 본다.

만두

어머니는 만두가 세상에서 최고로 맛나다 하신다.
아들은 아들인 제가 어머니에겐 더 맛난 줄도 모르고
그냥 만두라서 맛나게 잡수시는 줄 알고
퇴근길엔 꼭 만두를 사들고 들어온다.
출근길엔 만두 먹고 싶다는 어머니의 말씀을 기다린다.

저러다가 어느 날 문득
만두 좋다 하시는 어머니 목소리 잦아들면
어떡하나?

난 바보입니다

난 바보입니다.
어머니 살점 빌어 태어난 것이
그 몸이 내 것이라고
맘대로 부리다니 말입니다.

난 바보입니다.
몸이 아프다는 신호에도
무슨 배짱으로 버티기 일쑤더니
입원수속도 보호자의 동의가 있어야 한다는 걸
아프면 내 한 몸도 맘대로 할 수 없다는 걸
고장이 난 후에야 알다니 말입니다.

그러니 난 바보입니다.
내 몸 간수도 제대로 못하면서
남에게 감동을 주는 시를 쓴답시고
헉헉대고 다니니 말입니다.

생태찌개

생태를 냄비에 넣고 속을 들여다보니
그동안 생태를 먹여 살린 내장이 가득하다.

내장은 이제 쓸모없다고 끄집어내고
큼직큼직 무 썰고 굵은 소금으로 간 맞춰
어슷어슷 대파 넣고 청양고추 넣어
한소끔 얼큰하게 끓여
시원한 생태찌개를 식탁에 올렸다.

그때 아버님 하시는 말씀
“생태찌개는 내장이 별미란다.”
아뿔싸!

있을 때 잘 해

시큰거리는 무릎 이끌고 공원에 가다가
은지 할머니를 만났다.
칼슘제랑 한약이랑 많이 먹으라는 은지할머니 말씀에
운동부족이라 탈이 났다며 부지런히 걸었다.

걷는 것도 건강할 때 일이고
지금은 쉬라는 신호를 보내는 거라며
지뚱지뚱 걸음 떼시는 은지 할머니 곁에서
아직은 신통방통 나란히 걷는 내 무릎

있을 때 잘하라는 말 절로 나오는 날
욱신거리는 무릎 안고 전화를 건다.
어머니 무릎은 좀 어떠세요?

어머니와 홍시

단감 한 입 팍 깨물면 속이 시원할
가을이다.

단감보다는 몸의 떫은맛 다 삭아 녹녹한
당신 닮은 홍시를 좋아하시는 어머니는
감빛에 취해 하루를 보내시고도
홍시 몇 알 또 머리맡에 놓으신다.

홍시 속에 어머니의 가을이 익어가고
어머니의 그 가을 속에서
아직 떫은 내가 또 한 겹 익어간다.

4부 사람살이

어울리기 시작하면 부대낌 시작,
담을 쌓으면 외로움 시작.

<사람살이>에서

사람살이

어울리기 시작하면 부대낌 시작,

담을 쌓으면 외로움 시작.

그림자놀이

어릴 적엔
등잔불에 날 비추면
내 시커먼 속이 벽에 훤히 보였었다.

지금은
전깃불에 서 있어도
속이 희미할 뿐이다.

나도 점점
능구렁이가 되어가나 보다.

대나무 숲에 든 날

수백 년 된 대나무 숲에 들었다
흔들릴지언정 곧게 살리라!
마디마디 뚝 부러지는 기상이
군대 간 아들의 모습처럼 하늘을 찌르고
위로 오르는 좁은 계단은 한없이 가파르다

한 계단 한 계단 짚어가다가
시큰거리는 내 무릎의 뼈를 짚던 날
대나무 숲이 휘이휘이 내게 일러주었다
여생은
바람 불거든 바람 따라 기울여도 주고
눈 오거든 잠시 눈 녹기를 기다려도 주며
때론 아래도 내려다보면서
무릎 꺾이지 않게 유유히 살아보라고.

목탁 소리

목공이 담아준 첫소리 기억하며
몸엣것 깨끗하게 비우고
소통하는 것은 절로 흘러가게 두고
몸 안에 든 바람은 둥글게 가다듬어
산속에서나 거리에서나 한결같은 울림인데

때론
더 들리기도 하고
덜 들리기도 하고
맑게 들리기도 하고
탁하게도 들리는 것은
듣는 마음에 따라 다르기 때문이라고
수시로 나를 일깨우는
저 우주의 말씀.

바위도 물에 젖는다

필경 흙이었던 본성인지라
아무리 냉정하던 바위도
살살 스며드는 정에는
어쩔 수 없나 보다

단단한 것이라고 꼭 짱짱하지만도 않다고
흐르는 물도 오래 품어 천천히 내보낼 수 있다고
억센 바람에도 끄떡 않던 바위가 물에 젖어든다.

사진을 찍다가 2
–주제와 부제

강 건너 산을 가로막은 빨간 길은
아무리 튀어도 자르시고요
저 멀리 보이는 빨간 십자가는
아무리 두드러져도 넣지 마시고요
십자가 뒤 하늘도
아무리 넓어도 절반만 넣으시고요
코앞에 넣어 달라 아우성인 초록 풀은
아무리 싱싱해도 조금만 넣으세요.
왜냐하면 이 사진은
주변의 바스락거리는 마른 억새가 주제이니까요.

오늘은 부제일 것 같은 것들을 주제로
싱싱한 것보다는 오래된 것을 주제로
소중히 하기로 마음먹고 다시 구도를 고친다.

사진을 찍다가 3
―셔터스피드

파릇파릇한 초록 풀 사이 도랑물 사진을 찍었다
내 마음대로 물살의 흐름을 조절해 보았다
어떨 때는 시간이 정지되어 선명하게 보였고
어떨 때는 시간의 흐름이 너무 빨라 흐리게 보였다
흐르던 세월이 내 조작으로
빠르게도 가고 느리게도 갔다

어머니 가시는 걸음에도
셔터스피드를 맞출 수 있다면!

사진을 찍다가 4

–아웃포커싱

카메라를 들고
나무에 매달린 단풍잎에 가까이 다가가자
큰 나무는 흐릿하게 잎 주변을 장식하고
오롯이 단풍잎만이 또렷하게 보였다

나도 그렇게 간절하게
주인공이고 싶은 때가 있었다.

연잎의 공양

사람들 몰려와 물 부어대자
버거운 듯 이리저리 흔들리더니
밥 한 그릇 지을 물만 남기고
쪼르륵 쏟아버린다.

비록 진흙탕에 태어났어도
중생 위해 큰 솥 하나는 만들었으니
촛불 피우고 연밥 한 그릇 지어
공양하는 것으로 만족한다고
연잎은 더 이상의 물은 거부한다.

오래된 친구

신발장 반짝반짝 빛나는 아이들 구두 사이에
나를 공주처럼 안고 다녔던 굽 높은 구두,
내 자존심이 유일하게 보관 중인 셈인데
콧대 높은 녀석이 언젠가부터
납작 구두만 찾는 주인을
멀뚱멀뚱 바라보는 시간이 늘어났다.

내가 콧대 세울 일이 있는 날은
꼼짝없이 나를 싣고 외출을 나가는데
그럴 때마다 녀석은 내 삶의 무게가
많이 버거운 듯 뒤뚱거린다.

문학모임 가는 오늘 같은 날은
그래도 오래 되어 익숙한 네가 좋아
같이 늙어가는 너를 얼러가며
빌딩숲을 똑딱똑딱 콧노래 부르며 걸어간다.

차창 미술관

정읍에서 수원까지 오는 동안 이 만원을 내고
평생 그릴 수 없는 천상의 작품을 실컷 감상했다.

초점 맞추기

카메라 렌즈의 벽을 세우고 꽃에 다가간다
좀 더 선명하게 보려고 꽃 가까이 다가가면
심하게 흐려지는 꽃,
상대와 적당한 거리를 두어야 하는 것은
우리 사는 세상과 똑같다

그동안 우린 서로 더 잘 보겠다고
너무 가까이 다가가지는 않았는지
장치를 많이 하면 고급스러워진다고
우리 사이에 너무 많은 벽을 세우지는 않았는지

반성

바다에 막힌 가슴 풀어 던지고 싶거든
파도가 오랫동안 생채기 걸러 쌓았을 모래성을 보라
바람과 수없이 부딪쳤을 파도의 몸부림을 생각하면
차마 고운 모래성에 발 딛기 부끄러운 적 많다.
우리 그렇게 파도처럼 치열하게 부딪쳐 봤는가.

숲에 새로 발자국 남기려거든
풀숲 나뭇가지 사이로 조심조심 다니는
다람쥐 달팽이 산꿩을 생각하라
이리저리 우리가 낸 오솔길을 거닐어보면
차마 그들의 숲에 첫발 딛기 부끄러운 적 많다.
우리 그들처럼 얼마나 조심조심 디뎌 봤는가.

겨울 낙조

저 다사롭고 밝은 이
아침 일찍 산등성이에 서서
오늘도 둥글게 살자며
우리의 가슴을 깨운다

산다는 것은
피눈물 자아내는 일이라 했던가
종일 외진 곳 그늘진 곳 발이 닳도록 다니며
서러운 이들의 눈물을 받아내느라 흥건해진 몸,

붉게 젖은 옷 소나무에 걸어두고 몸을 씻는다
받아낸 눈물이 바다에 저리 붉은 걸 보니
다시 세상으로 외출을 서둘러야 한단다
자취를 감춘 그의 잔영이 오래 짙다.

오래된 나무

오래된 나무둥치를 들여다보면
수많은 포자를 가진 초록 이끼가 산다

반질한 나무보다는 오래된 나무에 이끼가 사는 것은
오래 돼 곰삭은 것엔 다양한 양분이 있기 때문이다
나이 들수록 그 양분 베풀며 살기에
젊은 수림 속에서도 초록으로 빛날 수 있는 것이다

성불사에 오르며

아픈 몸 이끌고 성불사 가는 길
큰 바위가 앞을 막아서자
바위를 끼고 돌던 개울물이
길 가다 막혀 버겁거든
저처럼 바보같이 바위를 돌아 가보라 한다.

성불사 처마 끝 풍경은
찬바람 불거든 꼿꼿이 맞서지 말고
바람 따라 흔들리며
저처럼 그냥 아프단 소리도
쨍그랑쨍그랑 내 보라 한다.

법당에 들어 합장하고 돌아 나오자
수리산 정기 모은 산사의 샘물이
손에 든 번뇌마저 씻고 가라 한다.

일식

천상천하 유아독존의 해도
티끌 같은 우릴
눈감아 줄 때가 있다

하물며
우리 사는 세상에
서로 눈감아 줄 일이 없겠는가!

5부 부모

마당에 앉아 이야기꽃 피우던
돋을볕 하늬바람 함박눈 이슬비 참새야
너희 모두 어디 있니!
……

<고독사> 에서

모노드라마

막이 오르자
희극 배우이다가
비극 배우이다가
희극 배우이다가
비극 배우이다가
종일 반복이라는 지문이 있는 듯
자식 사진 붙여진 벽을 보고
은유의 독백을 반복하는 노인,
거침없이 반복되는 노인의 독백에는
무수한 밤 홀로 뒤척이며
삶과 투쟁했던 시간들이 흥건하다.

막이 내려도
관객들 모두 돌아간 무대에서
노인은 다시 햄릿의 대본을 읊는다.
'사느냐 죽느냐 그것이 문제로다'

꿈마을에 사시는 어머니

어디에서 저런 신명이 나는 걸까
식음을 전폐하시고도 뽀얗게 웃으시는 어머니
물끄러미 어머니를 들여다본다.

"도련님 한양 가시려거든 나도 데려가 주소."
새색시 되어 아버지를 따라가신다는 어머니는
갑자기 신난 얼굴로 날 부르시더니
바느질 대회에서 일등을 해서 상금을 많이 탔으니
내 자식 잘 살라며 빈손을 척 내미신다.

순간, 공허한 어머니 손에 내가 쥐어드릴 것은
아무 것도 없었다. 잠깐씩 들러
잡숫고 싶은 것 골라 드리는 것이 고작인 나,
다 잡숫고 다 입고 가지도 못하실 것을
생사生死의 전투 중에도
어머니는 못난 자식 걱정이시다.

바다의 뼈

어머니를 목욕시켰습니다.
평생 우리에게 눈물로 다 빼주고
앙상한 뼈만 남은 어머니,
맑은 물에 몸을 담그자
아직도 짠 물이 나옵니다.

어머니의 몸에는
자식 때문에 알게 모르게 고인 눈물이
얼마나 더 남아 있을까요!

빛바랜 수건

우리가 흘려놓은 얼룩을 닦아내느라
두들김도 열탕도 마다하지 않고
긴 세월을 견뎌낸 빛바랜 수건

점점 고향집 툇마루를 닮아가는
당신 일구시던 천수답을 닮아가는
더 비울 것 없는 몸은

아직도 닦아낼 얼룩은 없나
마루 한 곳에 정갈하게 앉아
자식을 지켜보고 계시는 어머니!

사령부에 다녀온 후

꿈결에 안개 낀 곳에 가니
저승사자는 보이지 않고
한 노인이 어머니더러
외할아버지 제삿날 다시 오라고 했단다.

낼 모레가 외할아버지 제삿날인데
조마조마한 내 속도 모르고
날마다 어머니는 내게 날짜만 물으신다
아직도 타이를 게 많으신 듯
다 늙은 자식에게 당부의 말씀만 하신다

제발 밥 한 술 넘겨보셔요, 어머니!

그토록 우릴 부르셨던 이유는

아파트에 덩그러니 우리 어머니
내가 한 말 하루에도 수십 번 되묻는 것은
희미하게나마 귀 들릴 때
세상에서 제일 고운 자식 목소리
한 번이라도 더 듣고 싶으셨던 것을!
내 모습 보이지 않으면 부르르 부르셨던 것은
흐릿하게라도 눈 보일 때
눈에 넣어도 아프지 않을 자식 모습
한 번이라도 더 보고 싶으셨던 것을!

어머니는 늘 내 말을 들어주실 거라고
어머니는 늘 내 모습 볼 수 있을 거라고
오해하며 사는 나.
그저 살아 있다는 것만으로도 자식에게 미안하여
불효자의 알량한 참견까지도 많이 그리워했다는 걸
중환자실에 들어가신 오늘에야 압니다. 어머니!

어머니와 알약

어머니 머리맡에
몸 곳곳에 쓰임도 다를 알약 수두룩하다.

옛날에 내가 먹었던 원기소보다 몇 배는 쓰디쓴
어머니 살아온 세월을 닮은 알약들을
밥 한 술 잇몸으로 꼴깍 넘기시고
알약 한 움큼 꿀꺽 넘기신다.

세월이 약 뒤꿈치 잡고 울컥울컥
어머니의 쓰디쓴 과거를 안고 넘어간다.
그때마다 달콤한 햇살이 잠시
어머니 얼굴에 퍼졌다가 사라졌다.

어머니의 보물섬

장롱 위 상자 좀 내려달라는 어머니.
통장이 들었을까 금이 들었을까 상자를 들추니
삼베옷 입은 어머니가 가지런히 누워 계신다
삼베옷보다도 더 거친 손으로
빳빳한 당신의 몸을 들추며 뭔가를 찾으시는 어머니.
손 묶이고 주머니도 없는 수의 한 벌 입고 가실 것을
조그만 악수握手*를 보시고는 안도의 숨을 쉬신다
문명의 이기도 고단한 삶도 미련 없는 듯
보물처럼 조심스럽게 섬의 문을 닫는다.
죽음도 어머니에겐 그렇게 소중한 것일까
죽음도 어머니에겐 그렇게 경건한 것일까
그런 모습을 볼 때마다 숙연한 마음까지 든다
언제까지 반복될지 모르는 어머니의 그런 일상에서
나는 묘한 안도감을 얻으며
어머니의 보물섬을 장롱 위에 소중히 올려놓는다.

*악수 : 주검의 손을 싸매는 것. 붉은 비단으로 2개를 준비한다.

가을, 엄마의 정원에서

가을꽃은 물이 별로 필요치 않다고
정원사들은 물을 주는 걸 멈췄습니다.

그래도 꽃인데
혹여 아직 웃는 꽃잎이라도 있을까 물을 주자
마른 꽃잎은 물을 빨아들일 물관조차 헐었는지
줄줄 흘려버립니다.

한때는 내게 즐거움을 주었던 엄마의 정원을
그저 망연히 들여다보고 올 뿐
내가 할 일은 아무것도 없었습니다.

이명耳鳴

평소에는 듣지 못하고
아플 때만 가끔 느끼는
이 아득한 귀울림은

요양병원에 계신 친정어머니의
냉가슴 앓는 소리.

무관심의 흔적

입관실에 누워 계신 아버님
금방이라도 벌떡 일어나 걸어오실 것 같은데
평생 구부정하게 살아온 허리로
며느리에게는 가리고 싶은 게 아직도 많은 듯
다리를 모로 꼬고 온 몸에 힘을 꽉 주신다

아버님을 옆으로 누이자
등에 박힌 검붉은 딱지가
우르르 눈으로 들어온다
내 손길 한 번 더 갔더라면 없었을 저 못들
등에 난 욕창이
무관심의 흔적이라고
내 눈에 불효의 도장을 쩍쩍 찍어댄다.

외딴집

실개천 교각과 상판 사이는
비둘기의 집

산책을 하다가
사람으로부터 가장 가까이 살면서
사람으로부터 가장 소외된
외딴집을 올려다보면

비둘기는 자꾸만
빈집에 홀로 남겨진 내 어머니 되어
꿀꿀해
꿀꿀해
구슬픈 시를 읊는다.

전화벨은 더 이상 울리지 않았다

늦은 아침을 먹는데 전화벨이 울린다. 척하면 어머니 전화다. 어떻게 아셨을까? 시아버님의 49제 날짜까지 정확히 짚어내시는 어머니. 방금 보았던 책 구절이 가물거리는 나로서는 정말 놀라운 기억력이다. “시아버님 상방은 차려놓았더냐? 이서방 큰집에 가면 아버지 상방에 절도 하고 그래야 헌다.” 뚝, 대화는 그렇게 끝났다.

따르릉. 30초 후 다시 울리는 전화벨 소리. “미안허다. 내 전화를 받는 사람은 너밖에 없어서 이렇게 전화 헌다. 그래도 상방은 차려야 헌다. 그럼 끊는다, 잉.” 뚝! 방금 대화를 끝낸 수화기에 어머니의 외로움이 오래도록 머물렀다.
어느 날부터 어머니 전화벨은 더 이상 울리지 않았다.

간이역 풍경

스마트 요양병원 안에 간이역이 있다.
콧줄과 소변줄 끼워져 불시착한 사람들이
인형처럼 나란히 누워 있다.
아들이 다가와 손을 잡아도
입을 벌린 채 미동도 없다.

오늘은 천국행 열차가 한 노인을 싣고 떠났다.
몇 년째 월급을 쏟아 부으며 그 광경을 보아온 아들은
노인이 떠난 휑한 침대를 보고도 이젠 무덤덤하다.
아니 허리띠를 더 바짝 조이며 어머닐 잘 봐 달라며
요양사의 간식까지 챙겨들고 온다.

다시 시간이 멈춰선 간이역 대합실은
아무 일도 없었다는 듯 고요해지고
아들은 조용히 콧줄에 새 물을 채우며
어머니의 코에 볼을 대보며 안도의 숨을 쉬고

하루 세끼 뉴케어로 연명하는 인형들의 숨소리만

이제 그만 승차할까

조금 더 머물까

주전자의 물 끓는 소리로 다글다글 밭다.

고독사

마단에 앉아 이야기꽃 피우던
돋을볕 하늬바람 함박눈 이슬비 참새야
너희 모두 어디 있니!

낯선 집

대학로에서 밥을 먹고 사당역쯤 왔을 때, 전화기 속의 낯선 목소리가 "신발이 바뀌었어요."합니다. '쯧쯧, 이제 제집도 찾지 못하는구나.'하는 생각에 발에 감기는 구두의 촉감이 집에 가는 내내 낯설고 거북합니다.

한사코 시골집만 고집하시던 아버님을 아파트로 모셨을 때, 반들반들한 현관 바닥은 마루인 양 맨발로 디디시고 며느리가 사드린 새 구두는 마루에 고이 모셔두고 익숙한 헌 구두만 신으시던 아버님이 생각납니다. "새 구두 신으시고, 현관은 맨발로 딛지 마셔요."하는 며느리의 참견에도 "어허허 그려, 늙으면 죽어야 혀." 너털웃음으로 미안함을 표시하시던 아버님.

그때 낯선 도시, 낯선 아들집이 얼마나 거북하셨는지요. 며느리가 사드린 새 구두에 흠이라도 날까 얼마나 조마조마하셨는지요. 깨끗한 현관 바닥에 흙이라도 묻힐까 얼마나 조심스러우셨는지요. 저도 어느새 아버님처럼 서울에서 묻어온 낯선 집을 벗어 마루에 고이 모셔 놓고 있네요.

go stop

치매 어머니 뵈러 친정에 갔다
막둥이가 가르쳐준 고스톱이 유일한 낙인 어머니는
맞벌이 큰아들 내외에게 고스톱 하자고 조르고 있다
그런 모습을 본 딸은
고스톱 병 고친답시고 고구마 순만 벗겼고
어머니는 고스톱은 언제 하나
딸의 눈치를 보며 하루를 사셨다.

저녁이 되어 집에 가는 야속한 딸의 손목 부여잡고
가지 말라고 하소연하는 어머니 가슴은
시퍼런 눈물바다이다
그런 어머닐 남겨두고
총총 집을 나서는 딸의 가슴은
뙤약볕 받은 양철이다.

go 할까요, stop 할까요, 어머니!

6부 사회

골짜기 어디선가

……

태초의 청정을 간직한 너의

살점을 베어 먹고도 모자라

고속철이 허리에 구멍까지 뚫는다.

<수리산의 외침>중에서

수리산의 외침

골짜기 어디선가
따그르르 따그르르
딱따구리 같은 신음소리가 들린다.

태초의 청정을 간직한 너의
살점을 베어 먹고도 모자라
고속철이 허리에 구멍까지 뚫는다.

슬픈 눈망울

남자가 체온계를 가지고 놀다 떨어뜨렸다
좁쌀 같은 수은알갱이들이 바닥에 나뒹군다.
내가 어르며 휴지로 쓱쓱 닦아내자
지들끼리 똘똘 뭉쳐 아무도 못 믿겠다며
구슬보다 더 크게 눈을 부라린다.

영하 38℃에서 영상 360℃사이 냉온탕을 오르내리며
팽창과 수축을 반복하는 응집력으로
불로장생약으로 둔갑해 진시황도 잡아갔다는 그녀들,
잡힐듯하다가 흩어지고
흩어진가 싶다가도 다시 붙기를 반복하는
허물을 벗어버린 탱탱한 그녀들의 알몸은
이미 백의의 천사가 아니다.
성난 악마의 몸으로 변해 남자의 발바닥을 유혹하는
저 동그란 슬픔.

개망초 2

종일 홀로 계실 어머니를 뵈러 가는 길
아파트 화단에 개망초 피어 있다
보릿고개에서도 자식 도시락에는
계란 프라이 얹어주시던 어머니는
오늘도 조연으로 서서 방긋방긋
계란 프라이 척척 부쳐내고 있다

하굣길 엄마 정 고픈 손자를 기다리는가
아이 학원비 버느라 제때도 못 챙겨 먹은
아들 며느리를 기다리는가
기다려도
기다려도
아무도 오지 않고
햇빛만 놀러와 간을 보고 간다
누구에게 먹이나
저 정겨운 계란 프라이는.

게 잡이에도 규정이 있다는데

닭 목뼈나 생선 머리 부분을 좋아하고 옆으로 걷는
미련한 게의 습성을 이용한 게 잡이에도
암컷은 잡는 즉시 물속에 다시 던져주라는
규정이 있다는데,

영리한 우리가 사는 세상에선
놀이터에서 유기된 아이도
퇴근길 납치당한 처녀도
영영 엄마 품으로 돌아오지 못했다.

노예가 되어 있었다

텔레비전이 고장 난 날은
딸과 거실에서 뜨개질을 했고
식탁에서 식구가 오순도순 밥을 먹었고
콧노래를 부르며 공원을 산책했다.

그렇게 하루가 바빴다.
그렇게 며칠 살아볼까 했다.

이튿날 다시 수리공을 불렀다.

목화밭에서

누구나 따먹고 싶은 톡 터질 것 같은 소녀
하얀 꽃으로 신방에 들고 싶다고
여린 몸 익히러 땡볕에 나섰다.

‘달큼해 보여도 난 아직 어려요
제 구실 할 수 있을 때까지 조금만 참아주세요
아무리 맛나 보여도 젖비린내 없애야
신혼이불 속으로 들어갈 수 있어요’

파란 하늘에 노래 부르던 순결의 소녀
지나던 길손이 몰래 낚아채 갔나 보다.

시화호에서

시화호 갈대밭을 차로 달리면
저만치 물을 찾는 하얀 마디들
바다 허리 헤매느라 퉁퉁 부었다.

우두커니 앉아있는 녹슨 의자에
소금기 절인 소식 아직 머물러 있고
벼이삭에 참새떼는 언제나 넘나들까.

나루에 버려진 낡은 배 사이로
넓게 가슴 열어젖힌 시화호에는
수면의 화려한 메밀꽃도 이젠 없다.

채석강에서

사진으로만 보았던 채석강
놀 진 하늘 보러 달려가는데
새만금 갯벌이 그만 내 눈을 덮는다.

갯벌에 가려진 눈 오슬오슬하여
차마 바다 읊지 못하고
방조제에 부딪치는 파도만 바라보는데

식당의 갓 끓여낸 바지락 칼국수 한 사발이
가슴속 풀지 못한 숙제 더미를
후루룩 술술 풀어준다.

탈

딸과 함께 이력서 용지를 사러 문방구에 다녀오는 길, 성형수술을 한 닮지 않은 모녀 탈들이 거리를 활보한다. 쌍꺼풀 없어 불만인 딸이 보정된 사진을 이력서에 붙이자, 딸은 어느새 이력서 위에서 탈춤을 추기 시작한다.
이력서 든 딸이 탈을 하나 더 쓴다. 미백크림, 볼터치, 속눈썹, 입술연지를 바른 딸이 대기업 마당에 장미꽃으로 활짝 피었다. 탈의 대열에 서고서야 당당하게 웃는 딸.

내 나이에 맞게 수수한 안개꽃 탈을 쓰고 모임에 갔다. 양귀비 탈을 쓴 동갑내기와 나란히 앉자, 할미꽃이 대뜸 나더러 더 늙었다고 한다. 집에 돌아와 오늘 당한 모욕감을 미용티슈로 지우고, 멀쩡한 얼굴에 사정없이 물세례를 퍼붓고 두들기기 시작했다. 탈을 쓸 때면 습관적으로 내 얼굴을 구박해온 난, 한마디로 내 얼굴에

겐 조폭이나 다름없다. 수분크림 미백크림으로 내 구겨진 자존심을 구석구석 펴나가니, 내 자존심도 점점 세상으로 다시 나가기 시작했다.
밖으로 나가는 한, 탈은 필수인 시대. 내면의 탈, 외면의 탈, 그야말로 탈 천지다. 거울을 보며 씨익 입꼬리를 올리자, 우리 집 마당에도 화사한 양귀비꽃이 활짝 피었다. 이 순간만큼은 나도 클레오파트라인가.

폭포

어찌 직립만을 고집하며 내리찍는가!

나를 보필하는 바위도
발아래 엎드린 물도
저토록 아프다 아우성인 것을.

초원의 열쇠를 잃어버린 아이들

빈 운동장에 홀로 선 아이
컴퓨터를 향해 질주한다.
아이에게만 소통하는 안테나들이
빛의 속도로 아이를 흡수한다.

눈이 고운 아이야
귀가 순진한 아이야
산길 초롱꽃 피는 모습은 보았니?
파란 하늘 휘파람새 노래는 들어보았니?

천사의 노래를 듣지 못한 아이를
블랙홀이 빨아들이고 있다.

날아라 풍선!

모녀가 배 불룩이며 서울역 지하도를 걸어간다.
노숙자가 공처럼 몸을 말며 중얼거린다.
엄마가 다가가 귀 기울이자,
“쉿! 엄마, 여기선 조용히 걸어가야 한대요.
자선단체나 행인이 밥을 줘서
점점 갱생할 의지가 없어진대요.”
경제통 딸이 얼른 엄마 손을 잡아끈다.
그런 팔팔한 딸을 물끄러미 바라보며
“기가 소진해서 갱생의 의지를 잠시 잃었을 거야.”
엄마는 혼잣말을 했다.
경제위기에도 세금포탈로 배부른 돼지들은
지하금고에 금송아지 꼭꼭 숨기고 있을 때,
임금체불로 하루아침에 지하도에 나앉은
노동자의 모습을 기억하면서.
명예퇴직 후 출근시간에 공원을 배회하는
고급 가장의 모습을 기억하면서.

한 무리의 학생이 허리 휘게 등록금을 댔을
아버지들을 보며 침을 뱉고 지나간다.
고개를 들지 못한 아버지들은 행여 아들에게 들킬까
일시에 몸을 둥글게 만다.
멀어져가는 아들의 얼굴 조금이라도 더 보고 싶은지
먼 곳 가족의 얼굴 한 번이라도 보고 싶은지
등이 풍선처럼 하늘로 둥둥 떠오른다.
자식에게는 부끄러움 아닐 부끄러움
가슴에 꾹꾹 압축하면서.

날아라 풍선!
땅 위로
하늘로
훨훨.

작은 꽃 한 송일 보고도

꽃 없는 이른 봄날
땅을 보고 걷는데
작은 꽃 한 송이 피어 웃더라.

세상에 그를 알렸더니
어떤 이는 세상에 이렇게 작은 꽃도 있다 하고
어떤 이는 제일 먼저 봄을 알리니 봄까치꽃이라 하고
어떤 이는 봄까지만 핀다고 봄까지꽃이라 하고
어떤 이는 개의 거시기 같은 씨앗 달렸다고
개불알풀꽃이라 하더라.

작은 꽃은 그저 봄이 왔다고
제자리에서 웃기만 하더라.

머지않아

지하철에서도
집안에서도
길거리에서도
사람들은 휴대폰만 보고
울고 웃습니다.

머지않아 우린
벙어리가 될지도 모릅니다.
귀머거리가 될지도 모릅니다.

구름들의 전쟁

여의도 하늘 아래 구름들의 전쟁 한창이다
한 때는 그들에게도 물 같은 시절이 있었으련만
우린 뭉게구름이라 멋진 구름이니 건드리지 마
우린 새털구름이라 똘똘 뭉쳐 뭉게구름을 뭉개야 해
뭉게구름은 뭉게구름끼리
새털구름은 새털구름끼리
너 못났다 나 잘났다
제 밥그릇 챙기느라 이리저리 소란스럽다.
하늘에 손바닥으로 먹칠하며
땅에는 귀 닫고 흙탕물 튀기며
서로 물기둥까지 높이 세우며.

하늘과 땅 사이에서 구름들의 저 방황은
언제까지 이어질까.
종착역은 같아야 하는데 물의 본연을 잊은 채
서로 다른 모습으로 우르릉 쾅쾅.

무인도

종일

TV만 보는 할머니.

휴대폰 속 이름

휴대폰 속에 넣는 순간은 소중했던 이름
몇 년이 지나도 한 번도 말 붙이지 못한 이름
나도 그 이름의 휴대폰 속에 잠들어 있겠지.

내가 부르면 활짝 웃으며 다가올까
몇 번을 문 두드릴까 망설이다가
깨끗이 지운다
가슴보다 먼저 기계에 담았던 이름은.

■ 해설

생각하는 서정시

『바람이 사는 집』의 詩 세계

_ 김대규 시인

최근에 이를수록 곁에서 지켜본 바의 최정희 시인은 점점 더 시에 몰입해 왔다. 누구나 초창기에는 시에 무조건적으로 경도하는데, 최정희는 마치 그 초창기의 순도 높은 시에의 사랑이 재현되는 듯 싶다. 나이가 많아지면 많아질수록 그것은 쉽지 않은 현상이기에 최정희의 경우를 나는 아주 범상치 않은 일로 기리고 싶다.

첫 시집 『꽃이 보낸 편지』(2011, 도서출판시인) 출간 이후 4년 만에 제2시집을 간행하는 것도 그 열정의 소산이라 하겠다.

나는 첫 시집의 평설에서 「감성의 의인화, 또는 은유의 힘」이라는 제목 하에 꽃을 중심으로 한 서정성, 감성표출을 주도하고 있는 의인화의 은유적 기법, 시적 지평을 확장시켜 주는 해학성 등을 최정희 시인의 본령으로 제시하면서 감성과 사유의 시적 조화력에서 새로운 가능성을 개척해 가기를 당부한 바 있다.

이번 제2시집 『바람이 사는 집』의 원고를 일별할 때, 두 가지 특징이 금방 눈에 잡혔으니, 그 하나는 이번 시집의 작품들도 첫 시집에서 보여주었던 시적 특성들을 그대로 이어가고 있다는 점이요, 또 하나는 그 대신 작품의 소재들이 아주 다양해졌다는 사실이다.

이를 단적으로 나타내 주는 것은 제1 시집이 〈꽈리의 꿈〉과 〈울 어머니〉의 2부로 만 단순 분류되어 있음에 비해, 제2 시집은 〈꿈〉, 〈사랑〉, 〈가족〉, 〈사람살이〉, 〈부모〉, 〈사회〉 등의 여섯 주제로 나뉘어져 있다는 점이다.

따라서 나는 위에 적시한 여섯 부문의 주제별로 대표적인 작품을 선별하여 그에 대한 평설로 본고의 맥을 삼고자 한다.

먼저 제1부 〈꿈〉에서는 「주름의 미학」, 「시를 쓴다는 것은」, 「백리향 나무」, 「뽀리뱅이 벽화」, 「석양」, 「꽈리의 꿈2」 등의 작품이 눈에 드는데, 그 중에서 「백리향 나무」를 골랐다.

작은 체구로 겨울을 맞아
한 줄기 의지로 참아낸 나무여.
보랏빛 입술마다 담아낸 향기가
산등성이를 넘어간다.

작아도 야무지게
낮은 자리에 앉아 고매한 향기로
백리를 다스리는
큰 나무여!

_「백리향 나무」 전문

시인은 이 작품을 통하여 미미하고 하찮은 존재일지라도 인동忍冬의 의지로 현실적 어려움들을 극복해 끝내는 향기까지 품어낼 수 있는 인품의 꿈을 작아도 큰 나무라는 모순형용으로 그려내고 있다.

제2부 〈사랑〉에서는 「흔들바위」, 「사랑4」, 「그리움」등이 주제를 살려내고 있다. 그 중에서 「흔들바위」는 이색적이다.

설악산 흔들바위는 오래도록
사람이 찾아와선 흔들고 또 흔들어도
지금도 누구에게나 똑같이 흔들려 준다.

나는
얼마나
누구에게
그렇게 공평하게
흔들려 줬나 생각해 본다.

_「흔들바위」 전문

이 작품 자체는 별다른 설명이 필요한 부분이 없다. 그러나 설악산의 흔들바위를 통해서 자신의 삶이 만인의 요망에 거부감없이 부응해 주었는가라는 자아성찰로 이어지기란 그리 쉬운 일이 아니다. 최정희에게 있어 〈사랑〉이란 이와 같은 '흔들려 주기'인 것이다.

제3부 〈가족〉에서는 「큰오빠」, 「쓸쓸한 자리」, 「시클라멘 이야기」등이 돋보인다. 그 중에서 다음 작품을 골랐다.

재잘거리던 딸이 시집을 갔습니다.
딸이 떠난 텅 빈 자리를
간간이 매미가 날아와 채웁니다.

안방에서 맹
부엌에서 맹맹
거실에서 맹맹맹
딸의 방에서 맹맹맹맹

아무리 찾아와서 노랠 불러도
딸의 재잘거림만 못하고
맹맹합니다.

쓸쓸한 자리만 더 커져, 그만
손 저어 휘―이
날려버렸습니다.

_「쓸쓸한 자리」 전문

딸을 시집보낸 어머니의 허전한 심경이, 평소 안방, 부엌, 거실, 딸의 방에 가득 찼던 딸의 음성을 매미의 울음소리로 재생시켜 청각화 되어 있다. 매미 울음소리를 '맹'으로 표기한 데에 시인의 작의가 드러난다.

제4부 〈사람살이〉에서는 다음의 두 단시가 인상적이다.

어울리기 시작하면 부대낌 시작,
담을 쌓으면 외로움 시작.

_「사람살이」 전문

정읍에서 수원까지 오는 동안 이 만원을 내고
평생 그릴 수 없는 천상의 작품을 실컷 감상했다.

_「차창 미술관」 전문

이 두 단상에서는 한세상을 살아감에 있어 인간관계의 갈등과 단절에 따르는 어려움에 비춰 자연의 현실을 벗어난 정서적인 안온감이 잘 대비되어 있다.

제5부 〈부모〉는 주로 모성애를 노래하고 있다. 「고독사」, 「바다의 뼈」, 「어머니와 알약」이 느낌을 더해 주는데, 그 중에서 「고독사」가 차별성이 돋보인다.

마당에 앉아 이야기꽃 피우던

돋을볕 하늬바람 함박눈 이슬비 참새야

너희 모두 어디 있니!

_「고독사」 전문

핵가족화에 따른 인간관계의 단절과 아파트생활의 이웃 부재, 물질만능의 인성매몰 등은 갈수록 심해져 왔고, 그럴수록 독거노인들의 〈고독사〉는 사회적 문제로 부각되고 있다.

시인은 거기에다가 문명화에 따른 자연의 훼손과 오염까지를 오버랩시킨다. 감춰진 문명비판적인 정서표출이 시적 묘미를 더해 준다. 이런 작품을 〈부모〉라는 주제에 포함시킨 것은, 오늘날의 노인세대가 겪고 있는 인간적인 고독감 외에 자연오염이 가중되어 있음을 강조한 것이리라.

마지막 제6부의 〈사회〉에서는 「노예가 되어 있었다」, 「수리산의 외침」, 「무인도」등이 눈길을 끈다. 이번에는 다음의 두 편을 소개하겠다.

텔레비전이 고장 난 날은

딸과 거실에서 뜨개질을 했고

식탁에서 식구가 오순도순 밥을 먹었고

콧노래를 부르며 공원을 산책했다.

그렇게 하루가 바빴다.

그렇게 며칠 살아볼까 했다.

이튿날 다시 수리공을 불렀다.

_「노예가 되어 있었다」 전문

골짜기 어디선가

따그르르 따그르르

딱따구리 소리 같은 신음소리가 들린다.

태초의 청정을 간직한 너의

살점을 베어 먹고도 모자라

고속철이 허리에 구멍까지 뚫는다.

_「수리산의 외침」 전문

위의 두 편도 앞에서 소개한 반문명적 관점에서 착안된, 인간의 기계화와 자연의 훼손을 경고한 작품이다. 언필칭 문명의 이기利器들이 이제는 인간 노예화의 주체가 된 것이다.

필자는 지금까지 이 시집의 근간을 이루는 주제별 특징들을 간략히 살펴 보았다. 다시 한 번 강조하는 바이지만, 첫 번째 시집에서 두 부문으로 단순화되어 있던 주제가 여섯 분야로 확산되었다는 것은 최정희 시인의 눈이 그만큼 확장되었음을 말해주는 것으로써, 이는 큰 변화요 발전적인 변용이라 하겠다.

이러한 변용을 나는 〈생각하는 서정시〉에로의 바람직한 시도들이라고 확신한다. 더구나 시작詩作에 더 몰입하고 있는 그간의 과정을 생각해 볼 때, 앞으로 더욱 시적 성취감을 내보일 〈생각하는 서정시〉들을 보여줄 것을 믿어 의심치 않는다.

대기만성형의 최정희 시인의 정진을 기대한다.

최정희 제2시집

바람이 사는 집

초판 인쇄 2016년 3월 21일
초판 발행 2016년 3월 25일

지은이 최 정 희
펴낸이 장 호 수
북디자인 김 은 숙
인쇄 (주)금강인쇄
펴낸곳 도서출판 시인
등록번호 제384-2010-000001호
등록일자 2010년 1월 11일
13992 경기도 안양시 만안구 안양로 320번길 20(안양동)B동 2층
Tel 031-441-5558 Fax 031-444-1828
E-mail : siin11@hanmail.net

ISBN 979-11-85479-07-1

정가는 뒷표지에 있습니다